THE
MAGICAL
UNICORN
SOCIETY

OFFICIAL
HANDBOOK

Written by Selwyn E. Phipps

Illustrated by Harry and Zanna Goldhawk

with additional illustrations by Helen Dardik

图书在版编目（CIP）数据

独角兽魔法全书 /（英）塞尔文·菲普斯（Selwyn E. Phipps）著；（英）哈利·戈德霍克（Harry Goldhawk），（英）赞娜·戈德霍克（Zanna Goldhawk），（乌克兰）海伦·达迪克（Helen Dardik）绘；王爽译 . -- 长沙：湖南文艺出版社，2019.6（2022.3重印）
（幻想家）
书名原文：THE MAGICAL UNICORN SOCIETY: OFFICIAL HANDBOOK
ISBN 978-7-5404-9120-8

Ⅰ.①独… Ⅱ.①塞… ②哈… ③赞… ④海… ⑤王… Ⅲ.①儿童故事－图画故事－英国－现代 Ⅳ.① I561.85

中国版本图书馆 CIP 数据核字 (2019) 第 062105 号

The Magical Unicorn Society: Official Handbook

First published in Great Britain in 2018 by Michael O'Mara Books
Limited, 9 Lion Yard, Tremadoc Road, London SW4 7NQ

Text and design copyright © Michael O'Mara Books Limited 2018
Illustrations © Harry and Zanna Goldhawk 2018
Illustrations © Helen Dardik 2018
Translation copyright © Hunan Literature & Art Publishing House Co., Ltd. 2019

著作权合同图字：18-2018-421

幻想家

独角兽魔法全书
DUJIAOSHOU MOFA QUANSHU

著　　者：〔英〕塞尔文·菲普斯　　　　　　　　译　者：王　爽
绘　　者：〔英〕哈利·戈德霍克　〔英〕赞娜·戈德霍克　〔乌克兰〕海伦·达迪克
出 版 人：曾赛丰　　　　　　　　　　　　　　责任编辑：吴　健
封面设计：〔英〕安吉·阿利森　韩　捷　　　　　内文排版：韩　捷
出版发行：湖南文艺出版社（长沙市雨花区东二环一段 508 号　邮编：410014）
印　　刷：长沙超峰印刷有限公司　　　　　　　开　　本：710mm×1000mm 1/16
印　　张：8　　　　　　　　　　　　　　　　字　　数：50 千字
版　　次：2019 年 6 月第 1 版　　　　　　　　印　　次：2022 年 3 月第 3 次印刷
书　　号：ISBN 978-7-5404-9120-8　　　　　　定　　价：88.00 元

独角兽魔法全书

〔英〕塞尔文·菲普斯 著　王 爽 译

〔英〕哈利·戈德霍克 〔英〕赞娜·戈德霍克

〔乌克兰〕海伦·达迪克 绘

湖南文艺出版社

目 录

关于作者

大家好！我叫塞尔文·菲普斯，是魔法独角兽学会的现任主席。我的朋友们都叫我塞尔文——你们也可以这样叫我。如果你拿起了这本书，我想你一定也很喜欢独角兽，如果是的话，我们一定能相处得非常愉快。

在开始之前，我先介绍一下我自己。我还是个小男孩的时候就很喜欢独角兽了。我妈妈是个热忱的冒险家，她四处旅行，寻找一切魔法生物。在我小的时候，冬天的晚上我就和妈妈一起坐在火炉边，听她给我讲旅途中各种引人入胜的故事。我那时候梦想着有朝一日也能追随她的足迹。

数年之后，我成了魔法独角兽学会的事实调查员，于是梦想成真。我参与了很多惊心动魄的探险：登上高山，穿越沙漠，横渡沼泽，只为看一眼山地宝石独角兽和沙漠火焰独角兽。在我的职业生涯中，我非常幸运地遇到了世界上现存的七大独角兽家族的成员。

作为学会的第 101 任主席，加上已经经历了诸多冒险，我决定将自己听过的故事和经历过的趣事都写下来。所以我建议各位找个舒舒服服的地方，因为接下来有很多奇闻逸事。如果你相信独角兽真实存在的话，那就太好了……

魔法独角兽学会
第 101 任主席

塞尔文

Est. 1577

魔法独角兽学会是什么？

魔法独角兽学会将全球各地的独角兽爱好者团结到一起。学会会员的工作是整理一切与独角兽有关的资料，并在必要的时候保护它们。我们在自然环境下追踪独角兽，记录每次遇到它们的情况，记录它们的行进路线和相关传说。要是想了解有关独角兽的各种知识，你真是找对地方了。（好吧，话不能说太满，其实我们也不是无所不知啦。）

学会分支遍及全球，从巴黎到马德里，从香港到东京，从纽约到布宜诺斯艾利斯，都有我们的分会。我所在的分会位于伦敦南边白银广场的一座老房子里，这座房子有着很舒适的维多利亚式阳台。这里也是魔法独角兽学会目前的总部。不过在学会漫长的历史中，总部的位置也在全世界范围内不断变化着。

学会的大图书馆也在白银广场，其中收藏了一代代勇敢又热忱的会员们几百年来积累的资料。图书馆里最早的资料可追溯到古埃及时代。当时的法老看到沙漠火焰独角兽穿越撒哈拉沙漠，想要了解更多这种异兽的情况，便派出武士抓住独角兽并加以驯养。这种做法无疑很傻：独角兽是无法驯养的。不过幸运的是，法老让手下最聪明的学者从远处观察研究这种神秘生物。他们在莎草纸上记录下自己的发现，这些手稿至今还安全地保存在图书馆里。

这么多年来，很多人都和独角兽有过接触。有一位名叫勇者托拉的维京女王曾和一头受伤的冰原游侠独角兽结下了不解之缘。起初他们在积雪覆盖的北部荒原相遇，托拉在那趟重要的旅途中被冻掉了三根手指，但她还是记录下了那些避世的独角兽的相关信息。另外还有一位年轻的国王，他名叫达格贝尔，生活在中世纪时代的法国，他在本国巡游时，遇到了一头美丽的丛林之花独角兽。然而达格贝尔自大又虚荣，所以那次遭遇和他想象的很不一样。

后来到了十六世纪，在文艺复兴时期的意大利，魔法独角兽学会正式成立。创始人是卢卡·迪·博斯科和亚历桑德拉·玛西玛。他们一生致力于收集独角兽传说，两人合作编撰了第一部独角兽百科全书，并且绘制了书中所有的插图。

所以你明白了吧，千百年来，学会中有众多杰出又高尚的会员，还有很多勇敢无畏的冒险者。如今的会员也和先辈们一样，肩负着同样的使命。作为一个学会，我们现在实力雄厚，而且我们还能做得更好。所以现在我们要把自己的故事讲出来，希望可以鼓励新一代年轻人，在未来很多很多年的时间里，继续尊重和保护独角兽。

让我们一起沉浸在独角兽的世界里吧……

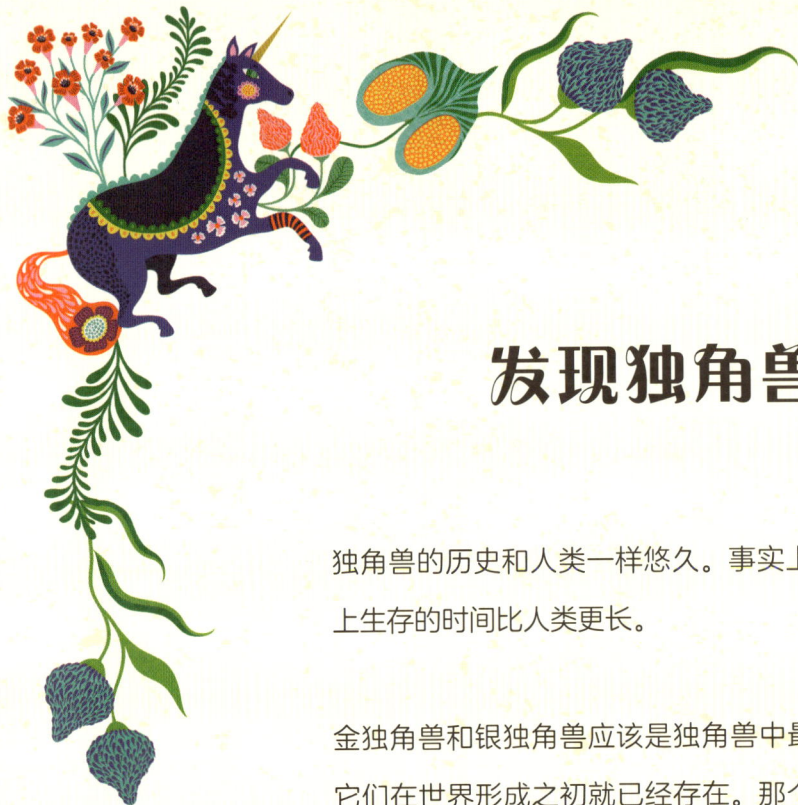

发现独角兽

独角兽的历史和人类一样悠久。事实上独角兽在地球上生存的时间比人类更长。

金独角兽和银独角兽应该是独角兽中最古老的品种。它们在世界形成之初就已经存在。那个时候魔法生物就如天上的浮云一样常见，各种魔法生物都生活在地球上，有行动敏捷的精灵，有一群群喜欢恶作剧的水妖，还有能呼出冰雪冻结一切的龙。金独角兽和银独角兽如今已不复存在，但大多数魔法生物都还活得好好的——你只要知道它们的栖息地就能找到。

人类出现以后渐渐开始和独角兽接触，一开始两者和平共处。但后来事情发生了变化，人类在世界各地定居，数量不断增长并获得了各种力量——人们发明了

机械、电力，有了工业。大部分人都依赖现代技术，只有极少数人还记得古老的魔法。世界越发繁忙喧嚣，独角兽也就成了胆小的生物。它们躲在高山和森林里，利用对环境的了解和高超的伪装技能将自己隐藏起来。

很多年后，它们的魔法变得各有不同。有些独角兽可以利用鬃毛随意隐身。这样它们就能在别人看不见的情况下四处走动，再也不必担心被人伤害。还有的独角兽可以飞，想偷偷靠近它们的人无一例外都会发现，独角兽们眨眼间就消失了。

因为它们很难被找到，所以人们认为独角兽只是童话里的生物。但我们学会的人都知道独角兽是真实存在的。现在世界上一共有七种独角兽——山地宝石、水中明月、丛林之花、沙漠火焰、冰原游侠、风暴猎手、暗夜之影。你将在下一页看到独角兽在世界各地的分布图。

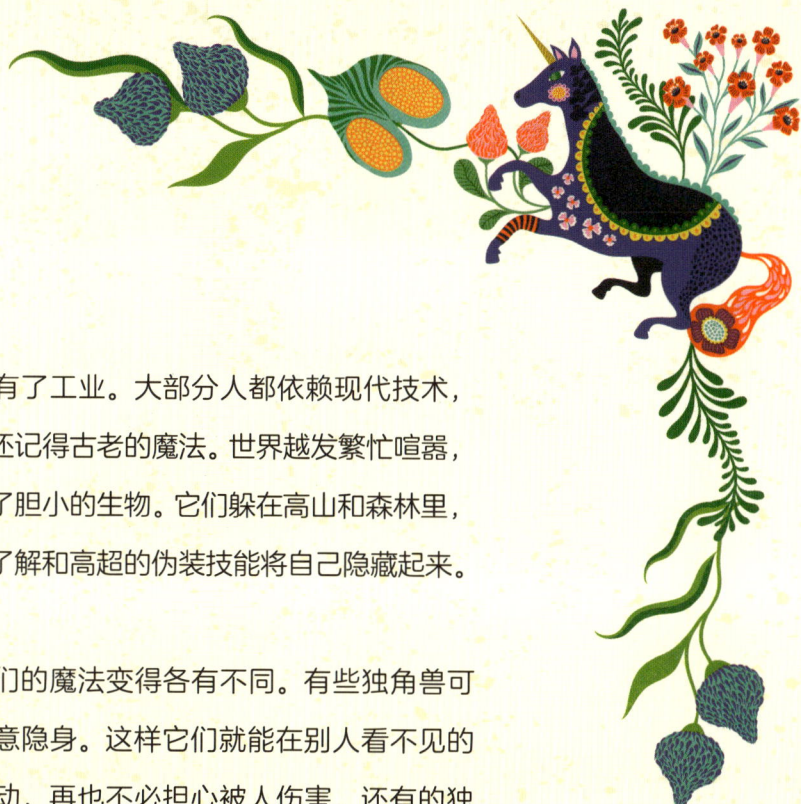

独角兽在哪里？

北冰洋

北美洲

大西洋

太平洋

南美洲

图例

山地宝石

丛林之花

沙漠火焰

风暴猎手

水中明月

冰原游侠

暗夜之影

1 布宜诺斯艾利斯

2 凤凰城

独角兽活动的范围很广，以下是它们主要的分布地区。
这张地图也包括了现在学会所在地的主要建筑。

亚洲

欧洲

太平洋

非洲

印度洋

大洋洲

南大洋

3

伊斯坦布尔

4

伦敦

5

东京

17

关于
金独角兽和银独角兽
的神话

最早的一群独角兽生活在很久很久以前，

由于时间太过久远，魔法独角兽学会只能靠着

早期游牧民族在篝火边讲的传说故事来判断它们的

情况。从那时开始，就有了各不相同的许多故事，

但有一点是确凿不变的，那便是世界上最早的

两头独角兽分别是美不胜收的金色和

令人目眩的银色。

故事始于迷雾缭绕的远古时代，在喜马拉雅山脉深处充满魔力的河畔。很多魔法生物都从这条河中诞生，周围的山里遍布种种大小不同、形态各异的生物。那里有长着两对翅膀的鸟，它们可以飞到大气层边缘；还有发光的蛾子，可以像燃烧的星星一样照亮夜空。并非所有的魔法生物都是美丽的，它们也不都是善良的。最残忍的魔法生物是严寒龙。

严寒龙足有十米长，有着船帆一样巨大的翅膀，长着一层闪亮的冰蓝色鳞片，眼睛如同蓝宝石，尾巴则像金属鞭子。它们生活在深山的洞穴里，只在捕猎的时候出去。和别的龙不一样，严寒龙不会呼出火焰，但是它们呼出的严寒气息可以把猎物冻住。龙就能抓住没有还手之力的猎物，将它们一口吞下。

对于生活在山下草地上的动物来说，严寒龙是极度危

险的动物。它们经常被龙袭击，终日生活在恐惧中。在这里生活的两匹马偶然遇到了严寒龙，它们的命运就这样意外地被改变了。

一天傍晚，这两匹马吃着地里的青草和浆果。太阳渐渐西沉，天空变成金色和紫色。突然间，那噩梦般的龙出现在美丽的天空中。茶褐色的母马和银灰色的公马转身逃跑，严寒龙俯冲下来准备捕猎。

那长着冰蓝色鳞片的怪兽朝大地喷出冰冷的气息，树木草地都覆盖了厚厚的冰霜。马儿惊恐地嘶叫着，迈开蹄子朝山里拼命奔逃。山路虽然崎岖，但那是它们唯 的生路。

两匹马爬上山的时候，空气越来越冷，它们的蹄子在岩石上打滑，那匹茶褐色的马发现了一块突出的岩石，

于是朝那里跑去。银灰色的马跟在它后面，它们一起躲在石头下面。石头虽然把它们遮住了，但它们也出不去了。

严寒龙朝着它们喷出冰气，它们的去路被冻住了，只是那巨大的爪子抓不住它们。这头长着巨大翅膀的野兽再次飞上天空。两匹马抓住机会沿着山路逃跑，跑向奔流不息的瀑布——那个地方河流的魔力最强。

瀑布的咆哮声十分响亮，浓雾在悬崖边环绕。两匹马明白它们必须穿过瀑布的急流才能到达河流另一边。不过它们并不害怕——河流不会伤害心怀善意的动物，也不会伤害需要帮助的动物。现在没有任何动物比它们更需要帮助了。

太阳渐渐靠近地平线，这是一天中魔力最强的时候。

马儿穿过了瀑布。在激流中，它们什么都看不见，唯一能做的就是不停地走。这时候发生了一件神奇的事情。太阳的最后一丝光线落在瀑布上，马儿渐渐地变形了。它们来到另一边的时候，已经不再是马了。它们变成了独角兽。

茶褐色的那匹马从头到尾都变成了金色。它全新的长角明亮得像太阳一样。银灰色的那匹马变成了银色，一身炫目的皮毛仿佛月光闪耀，它还长出了银白色的长角。它们变得更大也更强了，很快便会发现自己拥有惊人的特殊力量。

但是独角兽还没有时间去考虑自己的变化，因为严寒龙就在它们头顶。它们穿过魔法瀑布，登上积雪的山脊，此时严寒龙发起了攻击。它张开可怕的大嘴，险些就咬到它们的脖子。银独角兽蹄子往地上一踩。这时它

银色的皮毛变得更加明亮了，龙一时什么都看不见。金独角兽的蹄子也往地上一踩，一堵雪墙冲向山下。雪崩朝着龙冲去，把它裹卷着冲进深渊。

两头独角兽惊呆了，但是它们发现自己的魔力不止于此。它们还能平稳而快速地穿过山地，能随自己的心意隐身。于是畏惧严寒龙的日子就此结束了。

此后它们的魔法渐渐增长，终于，独角兽能够完全控制自己的力量了。它们十分自信，离开了魔法平原，到世界各地去游荡了。每次它们发现了合适的地点，就低下头用长角碰碰地面，于是新的独角兽家族就此出现。一个独角兽家族被称作一个族群，它们创造的每个新族群都是独一无二的。就这样，七大独角兽家族就这样建立起来了，从北部冰原到炎热的沙漠，它们各自的领地遍布整个世界。

金独角兽和银独角兽
小知识

特点

金独角兽和银独角兽是最早出现的独角兽，

它们出现的时候地球上充满了魔法。

角

其中一个有着闪耀的金角，

另一个有着淡银色的角。

外观

这两种独角兽周身覆盖着光滑的短毛，

纤细的鬃毛则呈金色或银色。

栖息地

它们生活在被山岭遮蔽的富饶山谷里。

魔法技能

会隐身，能发射震荡波和光，速度快，

可以让世界上诞生出新的独角兽。

象征意义

金独角兽和银独角兽

代表新生命。

独角兽的食物

独角兽食量很大，

它们主要吃草、植株、花朵和浆果。

但是，和人类一样，

独角兽的食物随着栖居地的变化而变化。

下面将介绍一些独角兽常吃的食物。

寒带

生活在冰原地区的独角兽必须挖开冰雪才能找到自己需要的食物。

熊果

能让独角兽觉得暖和。

红藻

富含维生素，
对皮毛很有好处。

菱叶柳

让独角兽跑得快，
行动敏捷。

北极罂粟

可以让独角兽视觉
敏锐，是度过漫长
冬夜的必需品。

山区

山区有着丰富的植株和花朵，独角兽可以大快朵颐。

爬山虎

能让山地宝石独角兽
健康又闪亮。

喜马拉雅洋葱

这种植物的叶子
可以让蹄子坚韧。

黄兰花和
白兰花

可以让肌肉强壮有
力，有助于独角兽
在山崖上保持平衡。

菊头桔梗

对独角兽来说
非常美味。

温带

干旱地区和炽热沙漠地带的独角兽必须想方设法寻找生存所需的食物。

吹雪柱仙人掌

富含水分和营养物质——
沙漠火焰独角兽可以用长
角剖开仙人掌的外皮。

蝎子草

对独角兽的心脏
有好处。

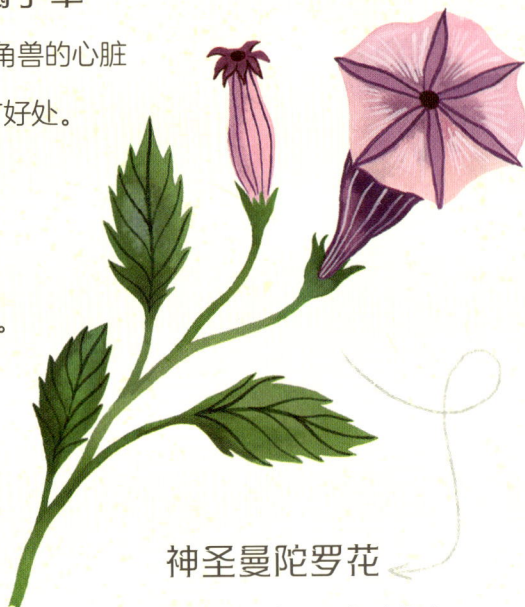

龙舌兰

可以提升独角兽的听力。

神圣曼陀罗花

对除独角兽以外的所有动物来
说都有毒，但独角兽吃后可以
迅速提升它们族群的力量。

水域

住在海洋、湖泊、河流附近的独角兽有着丰富的食物来源可供选择。

闪闪花

可以适当提升独角兽的魔力。

金盏花

这种甜甜的花瓣非常美味。

短茎睡莲

可以让独角兽敏捷灵巧。

粉红莲花

莲蓬可以保护独角兽不被晒伤。

山地宝石独角兽

山地宝石独角兽强壮、勇猛，恢复能力很强。

它们必须如此，因为它们生活在地球上最艰苦的环境里。

从喜马拉雅山脉到安第斯山脉，

从阿尔卑斯山脉到兴都库什山脉，

山地宝石独角兽在这些地方繁衍生息。

山地宝石独角兽可以长途跋涉，穿越遍布岩石的冰封山地，可以抵御高纬度地区的严寒，度过严酷的冬季。

由于栖息地不尽相同，山地宝石独角兽的颜色和外观也不尽相同。在南美，山地宝石独角兽是淡淡的鸽灰色，全身包括鬃毛在内都有深灰的斑点花纹。它们的毛厚而蓬松，可以保暖，角则是由美丽的珊瑚构成。它们的长角可以在夜间发光，将粉色的光芒投射到天上，和远方的独角兽交流。它们喜欢独来独往，总是独自穿过盐滩和丘陵去寻找食物及住所。

而生活在中亚地区的独角兽则喜好群居。它们常常五六头一起成群行动，甚至有传说提到上百头聚在一起的情况。它们的活动范围很广。春夏时分，它们穿越中亚的大草原，那是一片相当广袤的草原，是吃草的好去处。到了下半年，它们就沿着兴都库什山脉和喜马拉雅山脉往南走，在遍布岩石的悬崖上住下来。

中亚的山地宝石独角兽是淡茶褐色，有些颜色比较深，皮毛上更有圆形斑点。它们的角由美丽的棕色蛋白石构成，在这种深色的宝石上还点缀着蓝色、粉色和绿色。它们的角不会发光，但能辐射出热量。

山地宝石独角兽是一种脾气较为暴躁的独角兽。它们坚强却又蛮横。它们能到达其他动物无法企及的地点，哪怕其他动物都累死了它们还能前进。山地宝石独角兽内部经常打架争执，生气时甚至用长角互相顶撞。很难判断它们是为了什么生气。也许是长期和整个家族生活在一起感觉压力很大吧。

我曾亲眼见过山地宝石独角兽打架。那时候我还年轻，在徒步穿越尼泊尔的时候，遇到了两头正在打架的年轻雄性山地宝石独角兽。我躲在一块岩石后面，所以它们没有看见我。它们的长角相互撞击，向四面八方迸出彩色的火星，仿佛篝火之夜的彩虹色烟火。后来

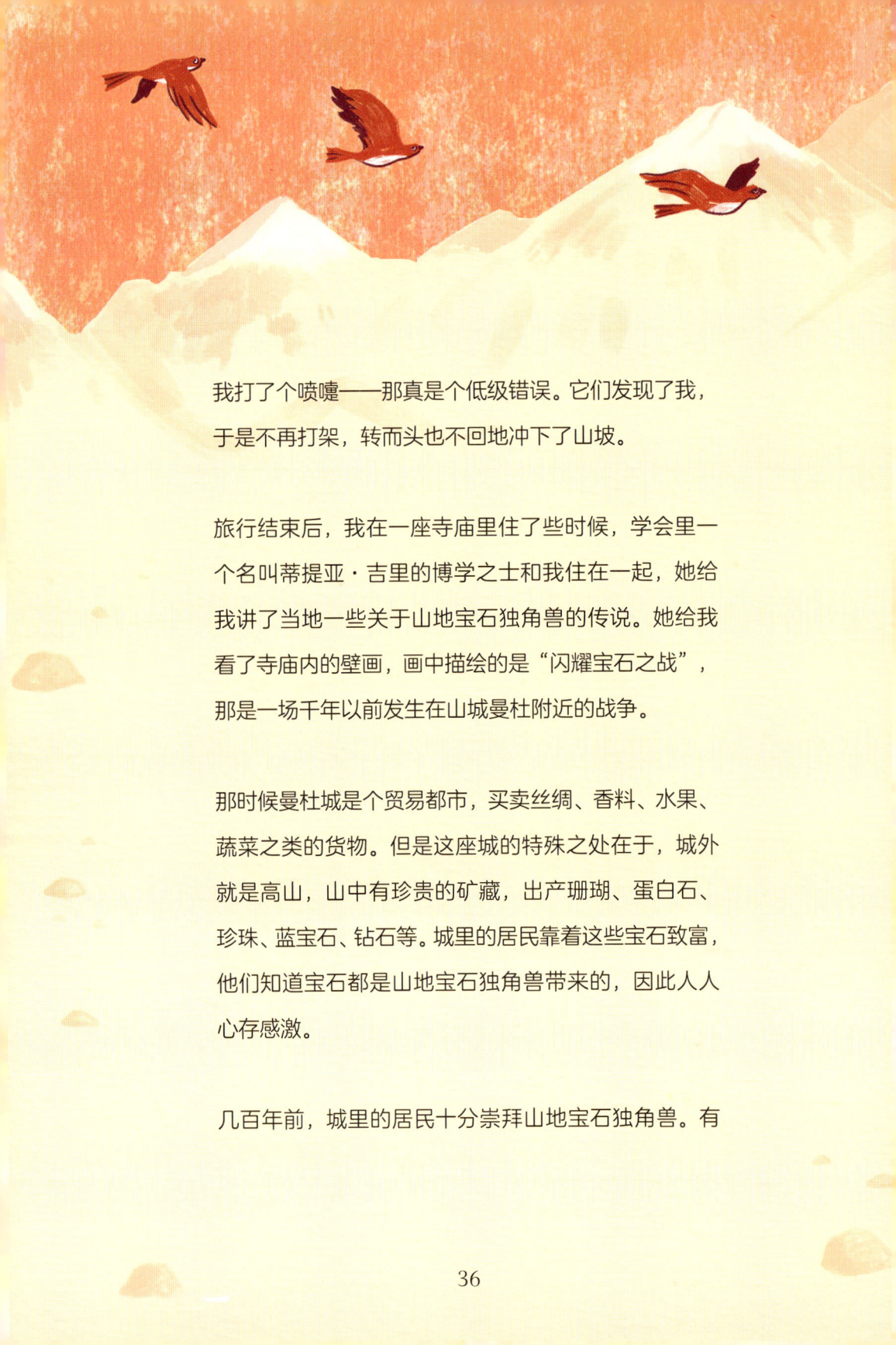

我打了个喷嚏——那真是个低级错误。它们发现了我，于是不再打架，转而头也不回地冲下了山坡。

旅行结束后，我在一座寺庙里住了些时候，学会里一个名叫蒂提亚·吉里的博学之士和我住在一起，她给我讲了当地一些关于山地宝石独角兽的传说。她给我看了寺庙内的壁画，画中描绘的是"闪耀宝石之战"，那是一场千年以前发生在山城曼杜附近的战争。

那时候曼杜城是个贸易都市，买卖丝绸、香料、水果、蔬菜之类的货物。但是这座城的特殊之处在于，城外就是高山，山中有珍贵的矿藏，出产珊瑚、蛋白石、珍珠、蓝宝石、钻石等。城里的居民靠着这些宝石致富，他们知道宝石都是山地宝石独角兽带来的，因此人人心存感激。

几百年前，城里的居民十分崇拜山地宝石独角兽。有些人甚至想和独角兽生活在一起。他们需要花很多年时间才能和独角兽形成彼此信任的关系，这样的人被称为"独角兽追随者"。

后来独角兽不光接受了他们，还带他们去看那些宝贵的矿藏，真是满地珍宝。

这样一来，邻近城市的居民当然嫉妒曼杜人的富裕生活，于是强盗纷纷盯上了曼杜城。一天夜里，一伙强盗在城墙边放火。火焰迅速扩散，很快就烧毁了保护着曼杜城的木质大门。等到大火好不容易被扑灭时，曼杜城已经被强盗洗劫一空，宝石一颗也不剩了。

城里的人们组织起来，选出最好的战士组成一支军队。他们翻山越岭，追逐强盗，最后来到青草茂盛的山脚下。军队和强盗在荒凉的平原上碰面了。闪耀宝石之战打了整整十五天，双方都死伤惨重。到了第十六天，曼杜人仿佛是要输了。

将军召集独角兽追随者，让他们为死伤的战士们祈祷。
追随者们庄严地向山地宝石独角兽祈祷。当他们念出
充满魔法的祈祷文时，奇迹发生了。那些在战场上倒
下的人获得了独角兽的灵魂，变成了山地宝石独角兽。
曼杜人的部队有了这些新的独角兽支援，战士们再次
冲上战场。这次独角兽的力量帮助他们获得了胜利。
生还的战士们重建了曼杜城，死去之后变成独角兽的
战士们则加入了山地宝石独角兽的族群，在山中自由
地奔跑。

蒂提亚·吉里告诉我，此后曼杜城的财富渐渐减少，
但这座城的命运始终和山地宝石独角兽紧密相连。这
也是为什么魔法独角兽学会的饱学之士将此地作为重
要的集会地点，直到今天学会的学者也很喜欢曼杜城。

山地宝石独角兽
小知识

特点

山地宝石独角兽是最强壮最坚韧的独角兽，对同类十分忠诚。

角

中亚地区的山地宝石独角兽有着螺纹细密的坚硬蛋白石长角。

南美地区的山地宝石独角兽也有螺纹细密而坚硬的角，

不过是由珊瑚构成的。

外观

南美地区的山地宝石独角兽有着厚厚的鸽灰色皮毛，

其间夹杂着灰粉色的斑点。

中亚地区的山地宝石独角兽则有着茶褐色的皮毛和黑色斑点。

栖息地

山地宝石独角兽生活在山区。

它们可以在寒冷的狂风和接近冰点的温度下生存。

魔法技能

角上可以辐射热量或光亮，耐力强，寿命极长。

象征意义

山地宝石独角兽代表着

繁荣、勇敢和坚韧。

你若是相信独角兽，
就会发现它们
无处不在，
它们像雾气一样
在大地上游弋，
像阳光一样
在大地上闪耀。

4

独角兽符号学

在历史上，独角兽的图案被用来象征财富、传播思想。
它们的纯粹和美丽让它们的身影出现在世界各地的图画中——
从皇室纹章到艺术珍品，独角兽的形象无处不在。

勇者托拉的王旗

这位维京女王的旗子上画着
一头忠实的冰原游侠独角兽。

中世纪盾形纹章

这个纹章上的独角兽是丛
林之花独角兽，代表独角兽
守护着知识之树。

魔法独角兽学会
官方纹章

守护着冠冕和盾徽的
独角兽代表力量和威望。

古希腊艺术品上的
独角兽形象

水中明月和暗夜之影两种独角兽在
古代文明中很常见，它们的形象
被画在各种陶器和艺术作品上。

古墓壁画上的
沙漠火焰独角兽

古代埃及人将沙漠火焰
独角兽画在坟墓的壁画中。

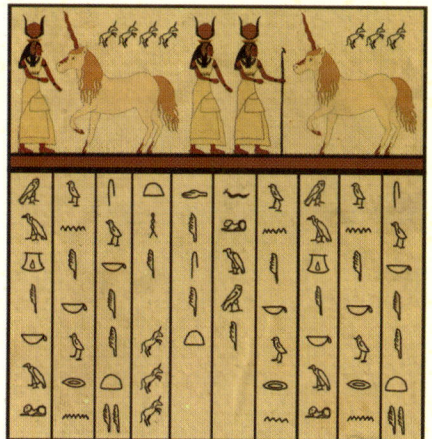

暗夜之影独角兽的雕像

暗夜之影独角兽可以出现在现实中，也可以
出现在梦境里，很多艺术家都想以雕塑的形
式表现它们。据说，有些暗夜之影独角兽的
雕像是带有诅咒的。

水中明月独角兽

水中明月独角兽是一种很独特的水栖生物，

它们的习性和生活在陆地上的表亲

山地宝石独角兽截然相反。

水中明月独角兽非常罕见。

只有在晴朗的夜晚，

借助月光和星光才能看见它们。

水中明月独角兽经常出现在世界各地的大河岸边，比如埃及的尼罗河、英国的泰晤士河、中国的长江以及印度的恒河。北美五大湖区和海边也能看到它们，比如在太平洋沿岸的旧金山的海滨。民间传说中它们是住在水边的幽灵般的马，不过事实上水中明月独角兽既不会伤人，也绝不是幽灵。

它们不光生活在水边——它们也住在水里。历史上有不少水手都说自己看见独角兽在风暴肆虐的海上出没，在波涛中奔跑。水中明月独角兽是航海者的朋友，它们会在风暴大作的夜晚，引导船只驶上归途。

水中明月独角兽是尾巴和鬃毛最长的一种独角兽。当它们奔跑的时候尾巴长及地面，它们的鬃毛飘起来和身体一样长。住在河里的水中明月独角兽大多呈白金色，有着发出微光的水晶长角，而住在海里或湖里的独角兽大多是淡蓝色，有着深蓝色的宝石长角。它们的角仿佛水上的浮标灯，可以警告或者引导迷途的水手，其作用就相当于灯塔的光束。

有个名叫卢卡·迪·博斯科的意大利年轻画家，最先发现了水中明月独角兽的特殊之处。他的发现最终让魔法独角兽学会得以成立。

卢卡生于十六世纪中叶的意大利——那是艺术、科学、医学以及探险事业都无比发达的时代。当时一位名叫伽利略的科学家改变了公认的天文学法则，还有一位名叫米开朗基罗的艺术家为梵蒂冈的西斯廷教堂绘制了穹顶画。卢卡也希望自己将来能成为有名的艺术家。他离开家乡，一路旅行到了威尼斯，在那里当了画师学徒。他学了很多年，不断精进自己的技艺，同时探索这座运河密布的城市。威尼斯是个贸易中心，世界各地的富商都来威尼斯购买画作和精美的陶器。

一天晚上，卢卡在威尼斯街上走着，他忽然发觉自己被跟踪了。运河边曲折的小巷里有很多小偷。两个扒手追上了他，他们一起扑向卢卡。其中一个抢走了卢卡的钱，另一个重重地一拳打在他下巴上，他晃了几下摔进运河里。

卢卡一头栽进水中。他不会游泳，就渐渐地沉入幽黑的河底。恐慌渐渐变成绝望，这时候他忽然看到河床上有些奇怪的闪光。闪光越来越明朗，卢卡觉得那闪光中似乎有一头动物——是马？他不光累，还神志不清，接着很快就晕过去了，但是在晕过去之前，他看到那动物额头上长着一只发光的水晶长角。

他醒过来时，发现自己倒在运河旁的小路上。不知为何他竟然活了下来。街上空无一人。是谁帮了他呢？难道是那头奇怪的水下生物？想来真是奇怪，但也没有别的解释了。那个生物看上去很像独角兽——但卢卡以为独角兽只是神话传说中的动物。

经历了那次事件之后，卢卡渐渐恢复了，但是那次遭遇彻底改变了他。他不断地画自己在运河里看到的那头动物，在后来他的那些经典作品中也有它的身影。他还能预见未来——他预见自己去很远的地方探险，遇到了其他见过类似生物的人。

有一天，他正在自己的画室里干活，预见的场景之一变成了现实。一位名叫亚历桑德拉·玛西玛的女士来到工作室。她自我介绍了一番，并说自己也见过独角兽。她是一位佛罗伦萨的行商，也是一位书籍装订工。她干活的时候，看到了卢卡绘制的独角兽，于是就来找他了。她还说卢卡画的是水中明月独角兽。她计划去各地探险，发现更多的独角兽，她想问问卢卡要不要同去。

卢卡惊呆了。他确实预见自己去遥远的地方旅行，而此时这位女士正在邀请他同去。卢卡毫不犹豫地收拾起行李，和亚历桑德拉一起登上了她的商船。他们航行到地球的各个角落，寻找水中明月独角兽的踪迹。他们研究之后发现，凡是近距离接触过这种独角兽的人都能预见未来的场景或是做预知的梦。

当卢卡和亚历桑德拉返回威尼斯时，他们已经成了富裕又成功的探险家。他们见识了很多种独角兽，收集了很多相关的古代传说。此后他们一直不断地收集相关知识，最终建立了一座图书馆，其中保存了由亚历桑德拉编写装订、由卢卡绘制精美插图的书。我们今天所知的魔法独角兽学会就是这样建立起来的。

水中明月独角兽
小知识

特点
水中明月独角兽生活在水中以及江河湖海周边。

角
住在河里的水中明月独角兽有着透明的水晶长角，

而住在湖泊或海洋里的水中明月独角兽则有着蓝宝石的角。

外观
它们是尾巴和鬃毛最长的独角兽。

住在河里的水中明月独角兽有着白色的皮毛，

住在湖泊海洋的水中明月独角兽有着淡蓝色的皮毛。

栖息地
它们喜欢江河湖海。

魔法技能
可以让接触过它们的人类获得预见未来的能力，

会隐身（只在月光下可见）。

象征意义
水中明月独角兽代表

时间的秘密。

独角兽

A ~ Z

ANCIENT
古老
独角兽已经在地球上活跃了几千年，它们的历史远比人类长。

BLESSING
族群
一个独角兽家族被称为一个族群。

COATS
皮毛
每个独角兽家族都有不同的皮毛。有些皮毛能在月光下闪耀，有些则能映着太阳发光。

DREAMS
梦
有些独角兽可以控制人的梦境。它们可以让人在梦中预见未来。

ELEMENTS
元素
风暴猎手独角兽可以利用魔法控制闪电、雷、雨和阳光。

FRIENDSHIP
友谊
很少有人能和独角兽成为朋友，但友谊一旦结下，便会相伴终身。

GRACEFUL
优雅
独角兽行动谨慎、技巧娴熟，看上去很美。

Horns
角

独角兽的长角由特殊材料组成，比如珊瑚、蛋白石、银。很多独角兽的角都会发光。

Invisible
隐身

独角兽是很害羞的生物，它们不愿被看见的时候就会隐身。

Justice
公正

独角兽是公平、善良、彬彬有礼的生物。

Kinship
家族

家族成员对独角兽来说很重要——它们对自己的魔法兄弟姐妹无比忠诚。

Legends
传说

历史上各个时代都有独角兽的传说，它们出现在各种神话传说中。

Magic
魔法

所有独角兽都有魔法，有些可以飞，有些非常强壮。

Night
夜晚

独角兽经常在夜色的掩护下自由行动。暗夜之影独角兽只在天黑后出现。

Omen
预兆

有些人认为看到独角兽是个预兆，或者说是个线索，暗示了未来会发生的事情。

Plants
植物

独角兽是草食动物。它们吃红藻、闪闪花一类的植物。

Quick
快速
独角兽有急智，脚程快，还能及时助人。

Royalty
高贵
由于独角兽十分庄重，性格高傲，它们常常被当作高贵的象征。

Song
歌谣
据说唱歌可以召唤性格羞怯的丛林之花独角兽。

Telepathic
心灵感应
有些种类的独角兽可以通过意念和同类及人类交流。

Unique
独特
没有任何像独角兽这样独特的魔法生物了。

Victory
胜利
在很多传说中，独角兽都能战胜入侵的邪恶势力。

Wisdom
智慧
独角兽是十分睿智的生物，每个独角兽家族都有代代相传的知识。

X-hoof print
X 形蹄印
暗夜之影独角兽的蹄印是 X 形的。

Youngling
幼兽
独角兽的幼崽被称为幼兽。

Zen
禅意
当人们遇到独角兽时，就会有那种冷静平稳的感觉。

丛林之花独角兽

时间之城过去是座美丽的城堡，

那里曾住着一支善良的中世纪王族。

城堡矗立在法国的山丘上，周围环绕着茂密的森林。

城堡的塔楼高耸醒目，彩色旗帜装饰着城墙，

城堡的花园里满是美丽的花朵。

后来，一个名叫达格贝尔的人登上了王位，他冷漠残忍，心胸狭窄。他对邻近的王国十分轻慢。结果战火席卷了这片土地，时间之城惨败。这座城堡就此变成了一个阴暗的影子，像一只有毒的蛤蟆一样蹲在山边。

一天，当地人去演戏给国王取乐，他们表演的内容是关于城堡周围魔法森林的故事。据说森林深处长着一棵有魔法的树，树叶都是金黄色的。采下了金树叶的人就能获得力量，还能长命百岁。达格贝尔鬼迷心窍，次日就出发去寻找那棵树。

跟他同去的是他的心腹安托万，这个年轻人勇敢又善良，但不得不忍受主人的残忍行为和恶毒言语。安托万从小就在树林里玩耍，了解其中的各种生物。他对国王说，进入森林深处的话，任何人都会遭遇到危险的魔法。然而达格贝尔根本听不进去。

夜晚渐渐降临，安托万为国王搭起帐篷，他们安顿下来睡了。但是森林中充满陌生的动物叫声，风也无休

止地吹着，树木仿佛在彼此窃窃私语，他们根本睡不着。

一连好几天，他们都在找那棵魔法树。结果补给快用完了，达格贝尔说必须去打猎补充食品。安托万请求他不要杀死林中的生物，吃些随处可见的坚果和浆果就好了。但是国王根本听不进去。达格贝尔喜欢打猎。他发现了一些神秘的心形脚印，不禁激动万分。

那串脚印领着他们来到一片林中空地，达格贝尔在那里看到一头美丽的动物。它形状像马，但是比马大而且行动也比马优雅。它的皮毛是深褐色的，看起来柔软丝滑。此外它额上长着一只螺旋状的长角，鬃毛上装点着野花。那是一头独角兽。达格贝尔不禁想象，它的头挂在自己的壁炉上方该有多美。

他举起弓瞄准目标。正准备射箭的时候，忽然有人拉住了他的胳膊。安托万急切地说："求您了，大人，住手吧。那是一头魔法生物……"

"你这个叛徒！"达格贝尔骂道。他决定惩罚安托万的鲁莽行为。但是忽然发生了一件事打断了他。那头独角兽用深棕色的眼睛望着他们。空气中弥漫着某种奇怪的东西……是魔法。他们周围有种喊喊喳喳的声响。达格贝尔和安托万忽然发现有无数双眼睛看着自己：松鼠、狐狸、小鸟、老鼠、鹿，它们都在看。空气变得冰冷，天空也转暗了。

突然独角兽说话了。它警告两人道："要当心那棵黄金树。"随后，独角兽和众多动物都回到林中消失无踪，就像它们突然出现时一样猝不及防。

"听听它说的话吧，大人。那是一头丛林之花独角兽。"安托万对他说。但是达格贝尔只是笑。独角兽和它奇怪的魔法恰好证明了黄金树的叶子能够满足他的愿望。接下来一整天他们都在森林里寻找，并且发现了一片颇有希望的区域。那里的空气中充满了浓浓的魔法，

地上满是明亮的宝石一样的昆虫。树木仿佛都在鞠躬迎接他们。到了第七天太阳升起的时候，达格贝尔看到前方的空地上有一些金色的闪光。魔法树就在他眼前迎着朝阳闪闪发光。

达格贝尔伸手采下一片厚厚的金叶。就在他采下叶子的同时，树枝上传来一声低沉的叹息，达格贝尔感觉到一阵魔法从树叶传递到他的骨髓深处。他觉得自己变得强壮有力、睿智无比，而且长生不老。

他露出阴险的笑容，却没注意到自己脚上长出了细密的树根。他的四肢变得僵硬，摸起来十分粗糙。头发则变成了绿色，仿佛越完冬的植物一样舒展起来。达格贝尔明白是怎么回事时已经太晚了，他已经在地上生根了。

安托万看着国王在自己眼前变成了树。他伸手去拉达格贝尔的胳膊，但是只摸到粗糙扎手的树皮。这棵新的树里传来一声深深的叹息，但叹息声很快消失在风中。

安托万赶紧逃走，他拼命跑，最后累得晕倒了。当他醒来的时候，丛林之花独角兽再次出现在他面前。它用鼻子推了推安托万，仿佛是愿意驮他一程。他们走了一整天，终于来到森林边缘，看得见时间之城的大门了。人们聚集在城外，希望看到国王归来，结果只看到安托万骑着一头壮美的独角兽出现在眼前。

安托万向大家说明了情况，大家都很惊讶。他们知道从魔法森林里偷走金叶会导致何种下场，此前也有很多人像达格贝尔一样，他们会被关在森林里数千年也出不来。

丛林之花独角兽低下头说道："从我的鬃毛里取一些花朵，再重建这座城堡吧。"一个老妇人从人群中走出来，摘下花朵做成冠冕，戴在安托万头上。这位忠实的仆人成了国王。众人欢呼起来。

丛林之花独角兽
小知识

特点
丛林之花独角兽性格温和善良，

和其他动物关系密切。

角
它们的角弯曲而呈螺旋状，

质地类似鹿角。

外观
它们有着顺滑的棕色皮毛，

鬃毛里装点着野花。

栖息地
它们生活在原始森林的深处。

魔法技能
会心灵感应，鬃毛上的花朵有治愈效果，

可以影响天气。

象征意义
丛林之花独角兽代表公正和忠诚。

人们经常把它们和

王室联系起来。

独角兽简史

史前时代

金独角兽和银独角兽出现。

（第 23 页）

古埃及时代

法老没能捉住沙漠火焰独角兽。但学者们开始研究这种魔法生物。

（第 9—10 页）

1577 年

卢卡·迪·博斯科和亚历桑德拉·玛西玛建立魔法独角兽学会。

（第 49 页）

1852 年

玛丽安娜·德·费记录下独角兽的蹄印，追踪它们从此变得更加容易。

（第 79 页）

1868 年

切斯特·刘易斯发现古希腊人崇拜暗夜之影独角兽。

（第 109 页）

930 年

曼杜人借着独角兽的力量在闪耀宝石之战中获胜。（第 38 页）

975 年

法提麦·穆萨遇到一头沙漠火焰独角兽。

（第 72 页）

中世纪法国

达格贝尔国王遇到丛林之花独角兽。

（第 59 页）

1050 年

勇者托拉救下一头冰原游侠独角兽，后来她成了女王。（第 87 页）

1900 年

米兰达·马丁内斯发表了一篇权威的论文，讨论独角兽之间是如何交流的。

（第 67 页）

1999 年

塞尔文·菲普斯成为魔法独角兽学会的主席。

（第 6—7 页）

如何与独角兽交流

独角兽之间相互交流的方式以及它们和人类交流的方式都很神秘，

而且每个独角兽家族的交流方式各有不同。

这些观察报告都是由米兰达·马丁内斯于 1900 年记录下来的。

歌声

丛林之花独角兽性格最为羞怯，但是传说人类可以通过歌声和它们交流。

光

冰原游侠独角兽住在南极和北极，它们将彩色的光芒投射到天上，通过这种光芒来互相交流。

电流

有些风暴猎手独角兽可以通过划过天空的闪电互相交流。

梦

暗夜之影独角兽可以出现在人类的梦中，警告他们将有危险降临。

触摸

如果你能近距离触摸到山地宝石独角兽，你和其他独角兽就能通过心灵感应和它们交流——不需要声音或者动作，只需要通过想法就能交流。

沙漠火焰独角兽

法提麦·穆萨喜爱动物。

她不是在和自己心爱的宠物猫、蜥蜴、鸟、狗一起玩，

就是在本地市场上观察农夫的山羊、牛或者骆驼。

但她不知道自己长大后能够和最神奇的动物结下深厚

的情谊——那就是沙漠火焰独角兽。

法提麦生活在公元十世纪的波斯，她住在一座热闹的城市里，一切和动物有关的物品都能在城里买到。商人们卖长腿秃鹰、猎豹、色彩各异的壁虎以及眼睛如同绿宝石一般的蛇。只要价格合适，就连生活在河里的鳄鱼也能买到。

法提麦被动物们深深地吸引住了，她可以一连好几个小时画各种动物。她的画非常漂亮，周围装饰着很多细致的藤蔓花纹，还配有文字说明，注解也非常准确，正是这些绘画练习成就了她的未来。法提麦长大后成了著名的探险家，也是有史以来第一个接触到沙漠火焰独角兽的人。

她年轻的时候，加入了一支商队，那些人计划穿越大盐漠。法提麦计划画下沿途发现的各种动物并为它们分类。很快她就发现了瞪羚、地鸦，甚至还发现了生活在盐漠边缘的花豹。每天晚上她都坐在火堆旁记录下自己的发现。

有一天晚上，法提麦躺在自己的帆布帐篷里。夜风很冷，她把自己裹得严严实实的。那天晚上风特别大，可以说是前所未见的狂风。她尽可能趴在地上，紧紧地裹住毯子。但是尖啸般的风声逐渐变成了咆哮般的巨响，法提麦的帐篷被整个吹走了。

营地里的其他人一片混乱。男男女女都忙着拉住骆驼，而骆驼们则叫个不停。商人们尽可能保住货物，但货物被吹得满地都是。法提麦想收拾好自己的东西，但是一点用也没有，所有的东西都被风吹走了。有个声音在喊她，她晕头转向地朝那个方向走去，其实她连自己面前的东西都看不见。周围完全是一片黑暗。

几个小时之后，法提麦醒来，惊恐地发现商队的同伴们都不见了。她大声喊，但是沙漠中只有她的回音。她努力平静下来。她应该往东走，东边是回家的方向，她可以靠太阳的位置辨别方向。路程十分艰难。临近中午时分，法提麦觉得酷热难耐。汗水不断从她脸上滚落。她情愿拿出自己仅剩的一点财产去交换一点点水。她绝望地跪在沙地上，沙子从她指间滑过。"谁来帮帮我！"她喊道。这时候，她看见……

远处出现了一点奇怪的闪光，仿佛阳光反射在光滑的金属表面。法提麦揉揉眼睛，以为自己只是看到了海市蜃楼。随后她又看到另一个光点，接着又是一个……光点靠近后，她发现那好像是一群马，但是却和她曾经见过的马截然不同。那是一群独角兽——是她只在故事中听说过的珍稀动物。

领头的那头独角兽低下头，用鼻子推了推她，然后打了个响鼻，轻轻跺脚。它的眼睛是深棕色的，皮毛则是金灿灿的茶褐色，有一只螺旋状的长角。它鼓励法提麦站起来。

其他独角兽都围着她。它们似乎很好奇，仿佛从未见过人类。法提麦也非常好奇。她感觉到自己处在某种奇特的氛围中——应该是魔法。独角兽很温柔但也很骄傲，它们散发出甜甜的香气，仿佛她祖母家的柠檬树。

这群独角兽围着她，轻轻推她，让她跟它们走。法提麦仿佛着了魔一样，跟着它们一起走了，同时也小心地远离它们闪亮的棕色长角。那些长角看上去似乎挺危险的。

这群独角兽带着她来到沙漠深处的一片绿洲。它们聚集在一个水塘旁边，那里有不少动物在欢快地饮水。一头独角兽用自己的角摇晃了它们头顶一棵枣树，于是多汁的果实纷纷落下。法提麦满心感激地喝水吃枣子。随后云层再次聚集，她便躲在独角兽群中躲避，但是后来风实在过于猛烈，就连独角兽也不得不奔逃。

沙尘暴朝他们席卷而来，一头沙漠火焰独角兽来到法提麦身边，示意她骑在自己背上。它们速度之快是法提麦从未体验过的。当沙尘快要吞没它们的时候，独角兽开始跺脚。法提麦忽然有种奇怪的失重感，她发现自己骑着的那头独角兽居然离开了地面。

独角兽居然在飞！法提麦看到下方的地面不断缩小。

独角兽黄铜色的角发出明亮的光芒，它的蹄子上冒出了橙黄色的火焰。

法提麦实在太累，于是趴在独角兽背上睡着了。她醒来之后，独角兽轻轻地把她放下。她认出了自己所在的地方——她就在自己居住的城外。法提麦轻轻地拍了拍独角兽的侧腹。它转身走了，她还没反应过来，独角兽就消失了，回到自己的家族中去了。

法提麦回到家之后，把自己的经历讲给别人听。但是大家都很怀疑。她画了图画给大家描述自己的见闻，但是大家都说她在胡编乱造。于是她决定成为一个真正的探险家。她要再次找到沙漠火焰独角兽，证明其他人都是错的。

数年之后，她无数次深入沙漠，看到了充满魔法的独角兽。它们还记得她，纷纷发出开心的嘶嘶声欢迎她，还轻轻用鼻子蹭她。一想起自己曾和独角兽一起飞过阴暗的天空，她就总会露出微笑。

沙漠火焰独角兽
小知识

特点

沙漠火焰独角兽是世界上跑得最快的独角兽。

角

它们的角是光亮的青铜，

角上缠绕的纹路仿佛风吹过沙漠形成的花纹。

外观

它们有着光亮的棕黄色皮毛，

尾巴和鬃毛的颜色仿佛火焰。

栖息地

它们生活在沙漠地带，

也生活在干燥多沙石的地区。

魔法技能

快速奔跑，飞行。

象征意义

沙漠火焰独角兽可以保护

群居的动物，还能帮助

身处困境的人。

独角兽追踪
观察指南

独角兽是地球上最难以捉摸的动物，

想要追踪它们极为困难。

但是只要你善于观察，

还是能发现它们留下的蛛丝马迹。

什么时候可以发现独角兽

只能在白天或夜晚的特定时间才能看到独角兽，有时候甚至只能在一年的特定时间里看到。所以你要想看到独角兽的话，一定要知道它们在什么时间最活跃。

风暴猎手独角兽

和自然元素联系紧密，在极端天气里特别活跃。

暗夜之影独角兽

只有在深夜才能被人看见。要想看到它们，你就必须熬夜。

冰原游侠独角兽

很少睡觉，所以一天任何时候都可以看到它们，但是它们最喜欢深夜，因为那时温度最低。

丛林之花独角兽

从来不在冬天出现，因为它们会在长满苔藓的洞穴里冬眠。开春之后它们才回到树林里。

山地宝石独角兽

起得很早，天刚亮就醒来。无论天晴还是下雨，它们都会在怪石嶙峋的山上游荡。

水中明月独角兽

在傍晚时分特别活跃。月亮升起之时，水中明月独角兽就会出现。

沙漠火焰独角兽

在正午时分，也就是日正中天、空气最灼热的时候最为活跃。入夜，沙漠变冷，它们就会挤在一起取暖。

鉴别足迹

学会会员玛丽安娜·德·费
记录了每种独角兽留下的特殊脚印。
以下是识别独角兽脚印的
简单方法。

水中明月

丛林之花

沙漠火焰

暗夜之影

冰原游侠

山地宝石

风暴猎手

独角兽

和我们美丽的星球

和谐共处。

冰原游侠独角兽

冰原游侠独角兽居住在冰雪覆盖的寒冷之地，

从西伯利亚的冰原到南极北极的冰盖上都有。

它们非常适应寒冷的环境，

除了有厚厚的皮毛外， 它们还有完美的伪装，

可以躲避任何可能出现的捕食者。

南极的冰原游侠独角兽是纯白的，有着珍珠般的光泽，它们的长角也是螺旋状的。它们生活在南极，经常两两同行在冰原上。它们可以在冰冷的水中游泳，有人看到它们和企鹅、海豹之类的海洋生物嬉戏。北极的冰原游侠独角兽更喜欢独居。它们也是白色的，但是鬃毛更加闪亮，如果映着阳光的话会反射出彩虹的光芒。遗憾的是，如果北极的冰原游侠独角兽去更温暖的区域，它们的角就会融化，它们也会死去。

不管是北极地区还是南极地区，都有极光这种现象。极光是天空中出现的非常美丽的光芒，颜色从明亮的绿色到柔和的粉色以及炽烈的红色都有。北美地区一些民间传说中提到，极光是死者的灵魂在天上跳舞。在中国民间传说中，极光是好龙和恶龙在天上激战。芬兰的故事说有一只狐狸在天上飞快地奔跑，它跑得太快，以至于尾巴着火点燃了天空。现在很多科学家则认为，地球的大气层外侧受到太阳风干扰，于是形成了极光，光线散射后呈现出多种颜色。但是魔法独角兽学会的会员知道，极光是另一种原因造成的——是充满魔法的原因。

几年前，我曾深入极北地区进行与冰原游侠独角兽有关的田野调查。生活在北极冰盖上的独角兽行动范围非常广。在整个北极地区，冰原游侠独角兽的数量不会超过二十头。就是这二十头独角兽每年会在两个时期聚集起来——也就是夏至和冬至。在北极，夏至和冬至是很神奇的日子。冬至一整天都是黑夜，夏至则二十四小时都是白昼。

冰原游侠独角兽在这两天聚会玩耍，仿佛是在交换过去六个月以来的见闻，重温旧日的友谊。它们跺脚表示欢迎。我一直不知道它们为什么知道在这一天聚会，又为什么知道在哪里相聚，更不知道它们怎么"交谈"。因为这些独角兽生性沉默，喜好独居……

……至少我以前是这样认为的。在独角兽冬至聚会之前，我一直追随着一头冰原游侠独角兽，想要了解更多情况。我艰难地追踪了好几个星期，结果看到了令人万分惊讶的情况。当天空彻底变黑之后，我追踪的那头独角兽抬起头，它的长角上散发出美丽的粉红色光芒，那光一直照到漆黑的夜空上。过了几秒钟，一

道明亮的黄色光芒仿佛做出回应一样出现在天空中。光芒持续了好几分钟——粉色和黄色的光芒在天空中来回逡巡，照亮了黑夜。

光线消失后不久，另一头独角兽出现在雪原上，它的长角发着黄光。我立刻明白那神奇的光是怎么回事。独角兽们是用长角上发出的光芒来互相交流的。这就像是天空中的电报，难怪冰原游侠独角兽可以隔着很远的距离进行交流。

我不禁想起挪威民间传说里那头特别重要的独角兽。几百年前，有人认为北极光是他们所崇拜的北欧男女神祇发出的光芒。这些神住在一个名叫阿斯加德的地方，阿斯加德和地球之间有一座彩虹桥相连。偶尔布满天空的奇异光芒就是众神穿过彩虹桥时盾牌的反光。

在无畏的女王勇者托拉统治时期，很多人都相信这个传说。托拉的悲剧在于，她是家族的第一个孩子，可惜那时只有男人可以继承王位。她的弟弟格林想当国王，于是在老国王去世时，他夺取了王位。当时十五岁的托拉被流放到了冰封的荒原上，她流浪了很多年，只有少数忠实的臣民追随她。每天早上醒来时，她都发誓要返回自己出生的城堡，夺回属于自己的王位。

有一天，托拉和臣民外出捕猎海豹时，他们看到天上出现了彩色的光芒。大家以为那是北欧众神发出的光芒，于是都继续捕猎。但是他们没找到海豹，却遇见一头冰原游侠独角兽被困在两块巨大的漂浮冰川之间。那独角兽绝望地挣扎呻吟着。它的长角上发出明亮的彩色光芒。托拉靠近时，独角兽变得越发紧张不安，不过托拉温柔地安慰它。她帮独角兽挣脱出来，照看了它好几天，让它慢慢恢复了力量。就这样，女孩和独角兽之间建立起了深厚的情谊。不管托拉去到哪里，那头冰原游侠独角兽都跟着她。

到了第二年夏至，白昼最长的一天，太阳在午夜也依然明亮，托拉知道现在可以去夺回王位了。她现在成了一个强大而可靠的领袖，同时还是一个技艺精湛的战士。而且她是骑着一头几乎不可战胜的冰原游侠独角兽去和自己的弟弟战斗。当托拉举起剑时，那把剑映着彩色的北极光，仿佛拥有了非比寻常的力量。剑过之处，所向披靡。

战斗持续了很久，双方都损失惨重，但托拉取得了最终的胜利。她将背信弃义的兄弟关进地牢，自己成了女王。她公正又仁慈地统治了六十多年，冰原游侠独角兽始终陪伴在她身边。当托拉寿终正寝之后，那头独角兽返回荒野，再也没有出现过。

自那之后，冰原游侠独角兽在北方就成了力量、强壮、公正的象征。托拉是唯一一个和这种独角兽结下深厚情谊的人类。由于它们真的非常罕见，以至于古代的故事都成了传说，很多人都怀疑他们并不存在。幸运的是，我亲眼见到了。

冰原游侠独角兽

小知识

特点

冰原游侠独角兽能在天上映出美丽的光芒。

角

北极的冰原游侠独角兽有着冰构成的光滑的角，

南极的冰原游侠独角兽则是珍珠构成的螺旋状的角。

外观

冰原游侠独角兽是纯白的，有着闪光的皮毛和奶油色的

鬃毛和尾巴。北极的冰原游侠独角兽的鬃毛可以

迎着阳光映出彩虹色的光芒。

栖息地

它们住在冰雪覆盖的极寒地带。

魔法技能

可以通过魔法的光芒交流，

拥有几乎不可战胜的力量。

象征意义

冰原游侠独角兽象征着

面对困难时的

坚韧和勇气。

独角兽的品格

七大家族的独角兽虽然魔法技能和外观各有不同，
但却拥有很多共同的品格。

魔法

每头独角兽从长角到尾巴
都充满魔法。

忠诚

独角兽对族群中的成员很忠诚，
偶尔也会和人类产生深厚的感情。

优雅

独角兽是非常优雅的生物，
可以非常简练平衡的姿态行动。

善良

独角兽总是避免冲突，极少伤害
人类，会尽量帮助别的生物。

强大

独角兽天生强壮，
受伤后也能迅速恢复。

观星

抬头看夜空的话，你会发现星星之中也有独角兽。

这些星星组成了一个叫作"麒麟座"的星座

（星座就是一起移动的一群星星），麒麟就是独角兽。

麒麟座位于三个很著名的星座——

猎户座、大犬座、小犬座——之间。

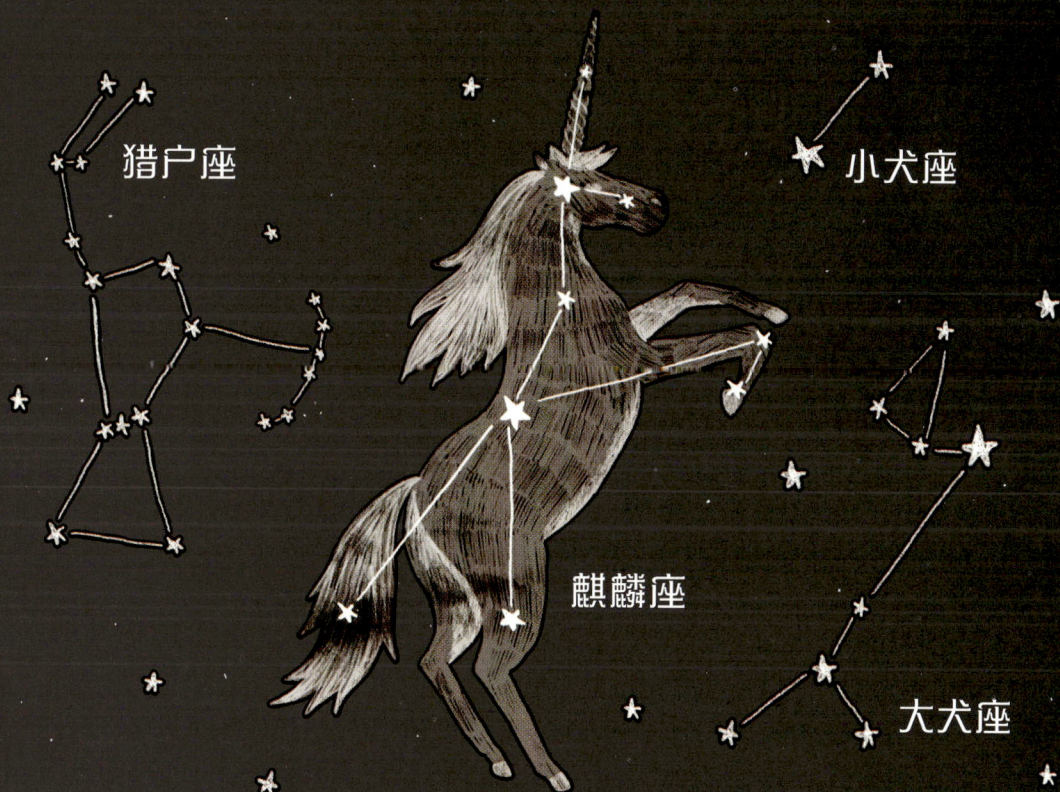

猎户座

小犬座

麒麟座

大犬座

风暴猎手独角兽

风暴猎手独角兽是一种颇有故事的独角兽，

很多学会会员都有关于它们的段子。

每次集会都会听到这样的逸闻趣事：

"我看到一头风暴猎手独角兽跺脚，天空立刻颤抖起来，

接着就开始电闪雷鸣，暴雨将至。"

"我证明了它们火焰般金黄的尾巴可以导电。"

"你们知道吗，它们的叫声可以唤来倾盆大雨。"

很多风暴猎手独角兽的故事听起来都很离奇，但是根据我的经验，它们绝大部分都是真的。因为它们是非常强大的独角兽，有着控制天气的伟大力量。

风暴猎手独角兽大体分为四种，它们都生活在中美洲和南美洲。首先是阳光独角兽，它们的皮毛黄如毛茛，尾巴和鬃毛犹如向日葵。它们的长角是柠檬黄的星光石英构成的，那是一种淡黄色的珍贵宝石。在阴冷的日子，它们的角能像太阳一样发光，温暖的光芒能让气温升高。阳光独角兽代表了幸福和希望。

其次是变色独角兽。这些独角兽的外表可以随着天气而变化。在阳光明媚时，它们是亮黄色的。在雨天，它们就变成了深灰色，带着云彩状的白点。起大风的时候，它们颜色变化非常剧烈，可以从棕色变成紫色再变成淡蓝色。可以通过角来分辨变色独角兽，它们的角是翠玉构成的，随着天气不同可以呈现出绿色、黄色或淡紫色。变色独角兽代表了强烈但多变的感情。

第三种是白雪独角兽。它们生活在中美洲的高山上。它们健壮又坚韧，长着雪白的皮毛，鬃毛和尾巴是灰色的。它们的角由普通石头构成，蹄子坚硬如铁。它们脾气暴躁，当它们愤怒地用蹄子敲打地面时，那声音甚至能盖过雷声。它们代表不屈不挠的品质。

第四种是风暴独角兽——整个风暴猎手独角兽家族便得名于此——它们高挑纤细，有着鸽灰色的皮毛。它们还有荧光黄且能放电的鬃毛和尾巴。它们的角是雾色的蛋白石，行动时仿佛引导着闪电。当闪电从空中落下，击中风暴独角兽的角时，它就会发出电火花。它们可以利用自己的角保护其他生物不被闪电击中。这种独角兽主要生活在中美洲，偶尔也出现在北方，尤其是在有极端天气的地方。它们代表着热情和能量。

有一次我去了委内瑞拉的马拉开波湖，那里经常有风暴猎手独角兽出没，那一地区的天气也很不稳定，经常发生雷暴，平均一年有两百六十天都是狂风暴雨。

人们说闪电不会两次击中同一个地方，但是在马拉开波湖却会发生这样的情况。

我在马拉开波湖的时候住在一户当地人家里。他们告诉我，当地传说提到是风暴猎手独角兽制造了极端天气。故事讲到有四头独角兽幼兽的兽群。那四头年轻独角兽分属不同种类的风暴猎手，即阳光、变色、白雪和风暴，它们的工作是让天空保持稳定。每头独角兽咬住天空的一角，将最高处的云彩衔到地平线上，让天空像个巨大的帆布帐篷一样盖在大地上。

不幸的是，这些年轻的独角兽都很爱玩，也很容易犯错误。它们没有好好完成自己的职责，都去玩了。其中风暴的年龄最大，它带着同伴们一次又一次地犯错误。阳光、白雪和变色都丢下自己那方的天空跟着风暴一起跑了——毕竟它们的名字就是追逐风暴的意思。它们迈着重重的步伐，追逐彼此的尾巴，天空便摇晃起来，落在地上，一簇簇的闪电遍布天空。这四头独角兽实在精力过剩又毫无耐心，它们根本不能长时间把天空拉稳。

现在我给你们讲讲我自己遭遇风暴猎手独角兽的故事。我在马拉开波湖的时候，主人家跟我说了这一地区独角兽的情况，还告诉我在哪里可以观察到它们。我收拾起包裹，黎明前就出发去追踪独角兽了。很快我就在湖岸边看到了阳光独角兽。阳光独角兽在早晨很活跃，很容易被看到。在它跑开之前，我可以画一幅细节清晰的图画。

我坐下等着，等了又等，等待独角兽再次出现……我不禁暗暗责怪自己运气太差，偏偏选了没有闪电的一天。但很快我听见一阵低沉的雷声，猛烈的风暴降临了。于是我找了个避雨处耐心等着。几分钟后，一头风暴独角兽出现了，它有着鸽灰色的皮毛，鬃毛上闪耀着电光。不久别的独角兽也来了。

我小心翼翼地往前走，尽量不去惊动它们。令人惊讶的是，它们居然让我站在触手可及的距离之内。我正想伸手摸摸独角兽的鼻子，一道闪电突然划破天空。我感觉电流从体内穿过，接着就被向后扔了出去，重重地落在地上。我大概昏迷了一分钟，当我再次醒来时，风暴独角兽就站在我旁边。它们身上闪耀着电光。它们帮我挡住了最剧烈的闪电，当然也救了我的命。它们等着我爬起来，然后送我返回村里，一路上继续帮我挡开闪电。空气中的闪电混合着独角兽的魔法，感觉非常奇怪。我脖子上的汗毛倒竖，指尖上发出嘶嘶声，还能在空气中看到火花状的图案。魔法能量变成细小而明亮的闪电，从我身上冒出来。

我回去之后，主人家大为震惊，不过风暴独角兽帮助了我，这一点他们倒是见怪不怪了。我给他们演示从手指间发射出的神奇火花。他们把我叫作"电人"，于是我很高兴地接受了这个别名。不幸的是，这个魔法能量没能持续很久。几天后它就消退了，真是很遗憾，毕竟魔法独角兽学会的各位都很喜欢看烟火表演。

风暴猎手独角兽
小知识

特点

风暴猎手是唯一一种能够控制自然元素的独角兽。

角

它们的角材料多样——有黄色星光石英，

也有翠玉，还有蛋白石，也有普通石头。

外观

不同种类的风暴猎手独角兽，其皮毛颜色各不相同。

有些是乌云般的灰色，也有闪电般的黄色，

还有雪一样的白色。

栖息地

风暴猎手独角兽大多生活在中美洲，

它们住在湖边或者山的阴暗处。

魔法技能

改变天气，制造雷电，还能导电。

象征意义

风暴猎手独角兽代表了元素的力量，

以及热情、愤怒等强烈的感情。

关于独角兽的
信仰和迷信

独角兽的魔法成了世界各地很多迷信和信仰的基础。

许愿

如果把一块浑圆的石头扔进池塘，你就可以向独角兽许一个愿。

这个办法可以让人保持健康，幸福快乐。

照相

独角兽不会出现在照片里——只能通过绘画描绘它们的形象。想用照相机给独角兽拍照肯定不行。

彩虹

很多种文明中都提到彩虹和独角兽有关。人们相信如果你看到了彩虹，那么你的守护独角兽（参见第114—115页）就在不远处。

镜子

如果你在镜子里看到奇怪的影子闪过，那很可能是因为附近有一头暗夜之影独角兽。这种独角兽能在梦境和现实世界中往来，还能在玻璃和水面上照出影子。

宝石

蛋白石、红宝石、祖母绿这些宝石中包含了山地宝石独角兽的灵魂。佩戴这些宝石可以给你带来好运、力量以及迅速恢复的能力。

火焰

午夜时分点起篝火，就会把一头新的沙漠火焰独角兽带到世界上来。

日食

日食不光意味着你有可能看到独角兽，同时日食也能增强独角兽的力量。有人说在日全食的时候，甚至能看到金独角兽和银独角兽。

暗夜之影
独角兽

在学会建成之初，大家曾经争论过暗夜之影
独角兽是否真的存在。尽管所有的独角兽
都很稀有，都很难见到，但暗夜之影
独角兽却是最为神秘的一种。在今
天的独角兽学术界，它们的名字
也很少被人提起。

长年以来，魔法独角兽学会很多有名望的会员都声称听说过有关暗夜之影独角兽的传闻，但是却没有任何证据能证明它们存在。对这种独角兽的描述都很模糊。全世界范围内的学会会员都想搞清楚暗夜之影独角兽到底住在哪里，但是它们似乎无处不在，但又不在任何地方。我唯一能确定的是，它们和另外六种独角兽不同。其他的六种独角兽切实有形，而暗夜之影独角兽则是超自然的，它们是由纯粹的魔法构成，既可以出现在现实世界，又能存在于精神世界。

暗夜之影独角兽之所以难以描述，原因之一恐怕在于它们只在夜晚可见，而即使在夜晚，它们看起来也像是没有实体的阴影。这也解释了为什么暗夜之影独角兽常常出现在人们的梦境里。据说它们能够穿过梦境和现实的边界。它们能治愈疾病，驱散噩梦，把各种想法植入人的脑海中，帮助人们想明白问题。

我第一次感觉到暗夜之影独角兽的身影是在南美的丛林里。那时我正在查证第八种独角兽——这趟旅途没有任何收获。我返回营地时生病了，体温飙升而且不停地出汗。树林仿佛在我眼前飘荡。

向导说我这场病非常严重，我必须休息。所以我尽可能舒服地躺在大树下。但我整天都半昏迷着，很难看清周围的情况。那是我人生中最糟糕的日子，我真希望早日康复，然后好好睡上一觉。幸而太阳终于下山了，夜晚降临，丛林凉快了少许。

那个时候事情变得很奇怪。在黑暗中，我看到有东西正穿过树林靠近我。那肯定是一头独角兽，但和我见过的任何独角兽都不一样。它的皮毛是深深的黑色，上面有白色黄色的小斑点，仿佛繁星点点的夜空。它头上有一只缟玛瑙构成的角，那角也是深深的黑色，甚至没有反射出半点月光。它无声无息地穿过树林，仿佛是身手敏捷的大盗。我想提醒在附近吃晚餐的几位同伴，可是我张嘴却说不出话来。那几个人不光听不见我努力想说话的声音，甚至也看不见那头独角兽。

我无端地知道是暗夜之影独角兽来了。它轻轻地靠近，银色的鬃毛映着光辉，黑色的身体中似乎涌动着魔法能量。它来到我躺着的地方，由于靠得实在太近，我怀疑它会踩到我，然而它却从我身体里径直穿了过去。那是我从未有过的超自然体验。我并不害怕，反而非常平静。

它低下头贴着我的脸轻轻嘶叫。我便陷入了深深的睡眠，还梦见暗夜之影独角兽向我指出一条离开丛林的路。

次日早上我醒来后觉得神清气爽。虽然昨天还害怕发烧致死，现在却好像很久都没有感觉这么好过。我头脑清醒，全身充满了力量。我对朋友们讲了夜里发生的事情。虽然他们都是魔法独角兽学会的会员，但还是有些怀疑。那头暗夜之影独角兽就从他们旁边走过，他们为什么没有看见？

我也不知道为什么。我只知道自己在醒着的时候看到了暗夜之影独角兽，在梦里也看到了。我明白是它救了我的命。如果说还需要有别的什么证据的话，那就是后来我带领探险队安全穿过了丛林，走的就是独角兽在梦中告诉我的那条路。

我回到伦敦后，就直接去了白银广场的魔法独角兽学会图书馆，花了好几天时间寻找有关目击暗夜之影独角兽的资料。最终我无意间找到一本像是旧日记的东西——上面写着密密麻麻的文字，并配有美丽的插画。日记的主人是美国的一位前学会会员，是个名叫切斯特·刘易斯的历史学家。那本日记写于一百五十多年前，他记录了自己在希腊参加的一项考古发掘活动。他所在的那支学会小队发现了一个深埋在神庙里的马头雕像。他怀疑那个马头的前额上本该有个突出的角，但是很久以前折断了。

在深入发掘之后，他得出结论，古希腊人崇拜暗夜之影独角兽。他们认为如果在梦中呼唤独角兽就会得到各种帮助，比如战斗胜利、治愈疾病、获得巨大的财富等。古希腊人还在花瓶上绘制暗夜之影独角兽的图案，为它们修建神庙。切斯特把自己发现的种种细节全部记录下来了。

但是在考古发掘进行了几个星期之后，事情有些不对劲了。一个工人掉进新挖的洞里摔伤了。还有个研究员发起了高烧，不停地出现火灾的幻觉。鸟兽都不肯靠近发掘现场。切斯特非常担心，于是去询问了当地的一位教授。

教授告诉他，当地人认为那座神庙受到了诅咒。很久以前有个恶毒的国王想要捕捉暗夜之影独角兽——他成功了。那头独角兽被囚禁在一个很大的陶制容器里，被当作宠物一样。国王觉得自己能让独角兽实现他的所有愿望。其实他完全错了。独角兽还是逃脱了，接着饥荒和瘟疫席卷全国。国王残忍无知的举动让世界陷入了噩梦，整个王国都被毁了。

切斯特·刘易斯不明白这个故事是怎么回事。作为魔法独角兽学会的会员之一，他从没听说过独角兽还会伤害人类。但是他的日记到这里就神秘地结束了。根据他的同事们描述，那天早晨他最后一次回到挖掘现场想要查明真相。然而那天挖掘现场被一场剧烈的大火烧毁，神庙的废墟彻底消失了。切斯特的日记被匿名送回学会，他本人则彻底失踪。他的日记至今还保存在白银广场的图书馆里。

不管当时到底发生了什么，很显然暗夜之影独角兽具有毁灭性的神秘力量。切斯特的故事提醒我们，独角兽和所有的野生动物一样，我们必须要尊重它们，绝不能低估它们的力量。但我也坚持认为，我在丛林中遇到的那头暗夜之影独角兽救了我的命，这种奇特而神秘的独角兽有待我们继续深入地研究。

暗夜之影独角兽
小知识

特点

暗夜之影独角兽是超自然的生物，

是唯一一种由纯粹的魔法构成的独角兽。

角

它们的角是由黑色缟玛瑙构成的。

外观

暗夜之影独角兽没有实体。

当它们以物质形态出现时，鬃毛是银色的，

皮毛则是深紫色或者黑色，上面有星星状的斑点。

栖息地

暗夜之影独角兽在精神世界、梦境和

现实世界之间穿梭。

魔法技能

可以出现在梦里，有治愈能力。

象征意义

暗夜之影独角兽代表着

睡眠和梦的力量。

守护独角兽

每个人都有自己的守护独角兽。不同的独角兽
对应你独一无二的能量，它们能为你提供指引和保护，
还能抚慰你的精神。找找看哪种独角兽守护着你，
然后翻到下一页，看看其中有什么含义。

去热带地区
的无人荒岛。

你在岛上被嘶
嘶叫的蛇盯上
了，怎么办?

保持冷静，知道蛇
会被别的东西吸引，
你有机会逃跑。

想个周密的办法把
蛇困住，然后逃跑。

开始

如果决定去冒险，
你打算去哪里?

制订周密的计划，
做好准备独自上路。

去北极附近
的遥远冰川。

这趟旅途会很艰
难，需要准备很
多东西，怎么办?

组织一支小队来帮你，
毕竟人多力量大。

遇到了岛上的原住民，
你打算怎么做？

很礼貌地提出
和他们交朋友。

丛林
之花

决定继续
自己的冒险。

沙漠
火焰

天气变了，
一定是季风的原因。
你打算怎么办？

找个地方避雨。

风暴
猎手

享受暴雨天气。

一直待到深夜，
数数天上
有多少星座。

冰原
游侠

冰川上夜幕降临。
你要如何度过第一夜？

钻进舒适的
帐篷里睡大觉。

暗夜
之影

你们到了冰川上。
第一件事你要做什么？

留在岸边，
观察鲸鱼和企鹅。

水中
明月

进入雪原，
攀爬冰川。

山地
宝石

你的守护独角兽

如果你看到了一道彩虹，说明你的守护独角兽就在附近。在上一页找出你的守护独角兽是哪一种，接下来就看看这样的守护有什么含义。

丛林之花

丛林之花独角兽十分冷静温柔，它们和树木及花朵关系密切。被它们守护的人大都友好、善良，喜爱大自然。

冰原游侠

冰原游侠独角兽喜欢独处。被它们守护的人都很擅长倾听，而且勇敢、聪明、身体健康。

风暴猎手

风暴猎手独角兽和自然元素联系紧密。被它们守护的人喜欢挑战、十分热情，而且思维敏捷、行动活跃。

山地宝石

山地宝石独角兽性格坚强、吃苦耐劳。
被它们守护的人大都忠诚勇敢，
喜欢社交，喜欢集体活动。

暗夜之影

暗夜之影独角兽可以出现在人们的梦
里。被它们守护的人富有想象力、敏感、
有创造力，时刻都能想出新主意。

水中明月

水中明月独角兽充满神秘感，令人
着迷。被它们守护的人大公无私、
思维缜密、聪慧、有耐心，而且
喜欢待在水边。

沙漠火焰

沙漠火焰独角兽速度很快、
力量强大，族群内部关系密切。
被它们守护的人富有冒险精神、
意志坚定、秉性忠诚、性格坚强。

加入
魔法独角兽学会

多年以来，魔法独角兽学会一直是个秘密组织，每个分支都只有几位会员。我们严守独角兽的秘密，入会标准十分严格。现如今，入会程序已经不再那么繁琐了（比如说，申请人不需要提交本人两次遇见独角兽的证据）。入会有三个步骤，如下页所示。

第一步：谜语

你能不能解开独角兽的魔法谜语？

我能大能小，变化无穷，

助人的方法也各不相同：

既能剥开仙人掌，

又能散发光亮。

战斗时能成为你的武器，

飞行时也能为你助力。

我是风暴中的火光，

可以让你暖洋洋。

我有时粗粝，有时曲盘，

有时冰冷，有时温暖。

有时是珍珠璀璨，

有时是金光闪闪。

没有了我，你也成不了

魔法独角兽，自在逍遥。

我是什么？

第二步：誓言

学会有一条誓言，所有会员必须
牢记、背诵并服从：

以山地宝石的魔力、

丛林之花的善良、

沙漠火焰的速度发誓，

以蹄子、长角和力量发誓：

我一定严守秘密，

护佑独角兽家族的安全；

我如今骄傲地成为

魔法独角兽学会的一员！

第三步：

加入学会

如果你破解了"谜语"也记住了"誓言"，

你就可以加入学会了。

你只需要登录我们的网站并遵守条约就可以了。

www.magicalunicornsociety.co.uk

黄金会员：
第八种独角兽

成为学会的黄金会员是最高的荣誉，但是这需要花一点

功夫。我们对独角兽依然知之甚少，而且还有证据显示

世界上存在着第八种独角兽，它们尚未被发现。学会止

在努力研究这种未知的独角兽，我们需要你的帮助。

你认为第八种独角兽是什么样子的?

将你的想法发送给我们，

并配上图画来描述这种神秘生物，

你就可以获得黄金会员资格。

关于插画师

魔法独角兽学会非常感谢费心研究各种独角兽，以便为本书绘制插画的各位插画师，他们精确而美丽地还原了这些魔法生物的样貌。

哈利·戈德霍克　赞娜·戈德霍克

哈利·戈德霍克和赞娜·戈德霍克住在康沃尔郡，他们在自己的海滨小屋里工作，丛林之花独角兽常常现身于那片区域。他们从大自然中获得灵感，绘制了很多美丽的书本，还为自己的公司帕皮奥出版社设计了很多漂亮的产品。学会认为他们绘制的独角兽是无与伦比的。

海伦·达迪克

学会一直都是海伦·达迪克的粉丝，她尤其擅长表现动植物的美丽与魔力。海伦出生在黑海附近，后来在西伯利亚居住了一段时间，那里是冰原游侠独角兽的栖息地。然后她又搬去了以色列，在那里学习艺术设计。现在她住在加拿大，是一位设计师和插画师。

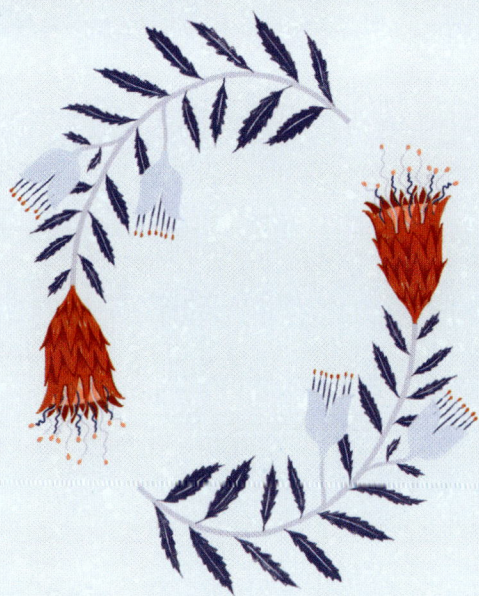